崔高興
최고심

韓國受MZ世代歡迎的人氣插畫家
崔高興（韓語音同「最高興」），
懷著希望所有人都幸福
透過形形色色、五彩繽紛
打造出各種故事與商

崔高興的目標是各位的幸福！

為了完成這任務，
以後也會做很多有趣的事，
直到這個世界充滿愛心為止！

Instagram @gosimperson

譯者
郭宸瑋

全職韓文譯者，
譯有《2025元宇宙趨勢》（合譯）、
《【圖解】韓國影劇故事結構聖經：
韓國影劇征服全世界的編劇法則》、
《行星語書店》、《想成為一次元》。

拒絕當自己最熟悉的陌生人

陳志恆｜諮商心理師、暢銷作家

前一陣子，我和女兒一起慶生（沒錯，我們同一天生日）。點了兩支蠟燭，大夥兒唱完生日快樂歌，準備吹蠟燭前，身旁有人提醒：「許願！許願！」突然間，我和女兒都愣住了，一時不知道要許什麼願，最後擠出一個皆大歡喜的願望：「世界和平，大家都健康快樂」。

很多人都有類似經驗，平常總想著：「如果可以……就好了！」積藏在心裡的願望特別多；真的到了要許願時，仍然不知道要向上天求些什麼？

其實，我們根本不夠了解自己！

許多人生困境的癥結，也在於不清楚自己內心真正想要的是什麼。因此，在心理諮商中，助人者幫助當事人解決問題的主要途徑之一，就是拓展覺察，也就是，協助他們更理解自己。

於是，助人者會在諮商中透過一次又一次的提問，刺激當事人不斷碰觸更深層的內在。這些問題中，有許多是當事人壓根兒不曾認真思考過的。在一問一答間，當事人漸漸豁然開朗，看待問題的方式改變了，同時，發展出面對問題嶄新的因應策略。

《小刺蝟的心情研究日記》就是一本帶你深入探索自我、拓展覺察的自助手冊。不同的是，你面對的不是一個專業人員，而是一本書裡的各種問題。你只要認真思考、誠實作答，就會更懂得自己。

而且，你不需要遇到困擾才開始回答這些問題。因為，書裡的問題設計，充滿創意又令人感到驚喜，有些天馬行空，但又與日常生活息息相關；甚至，滿適合做為大夥兒茶餘飯後討論的話題，像是：

「你人生中最糟的瞬間是……」

「跟你最像的動物是……」

「如果世界只能留下五個人，你會讓誰留下來呢？」

「你曾有放進購物籃，卻沒買下的東西嗎？」

是不是很有意思呢？還有一個問題，特別發人深省：「一輩子必須目送某人離開的石頭，和一輩子必須離開某人的風兒，究竟誰比較孤獨？你比較想成為誰？」

這也太難回答了吧！或許，根本沒有答案，但重要的是，你認真思考過了。在思索過程中，你會更認識自己。像我，如果一定要選的話，比較可能成為風兒，因為，離開了某人，我還會和下一個人相逢，雖然都很短暫，但每一次的相聚，都值得期待。

翻開這本書，現在開始成為最懂自己的人吧！

小刺蝟 的 心情研究日記

도치의 요모조모 내 맘 탐구일지

小刺蝟 的

도치의 요모조모 내 맘 탐구일지

心情研究日記

文/圖 崔高興

azoth books

漫遊者

研究日記使用指南

你是不是有時候連自己
也不明白自己的心聲呢？

我偶爾像是這種人，
偶爾又像是那種人，
有時候甚至不知道自己是怎樣的人。

未來要一起度過一輩子的「我」
我不是應該要最了解嗎？！

從現在開始跟著高興的腳步
嘗試回答書中的問題
享受深刻探索自己的時間吧！

這裡有很難回答的問題
也有非常簡單的問題。

但是只要按部就班回答每個問題，
比如我喜歡什麼東西？
我是什麼樣的人？
就可以更加了解自己！

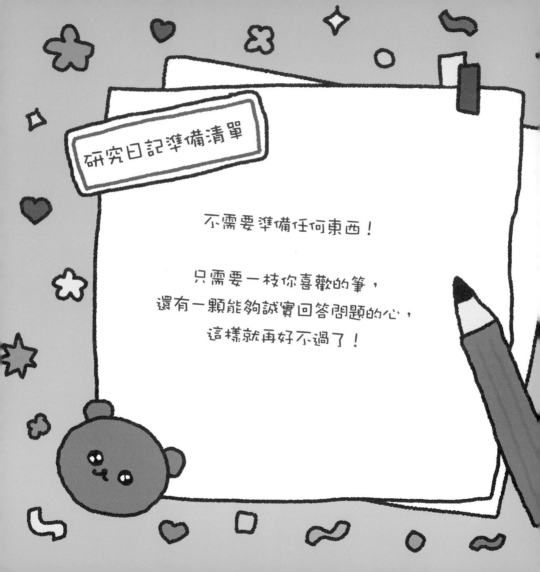

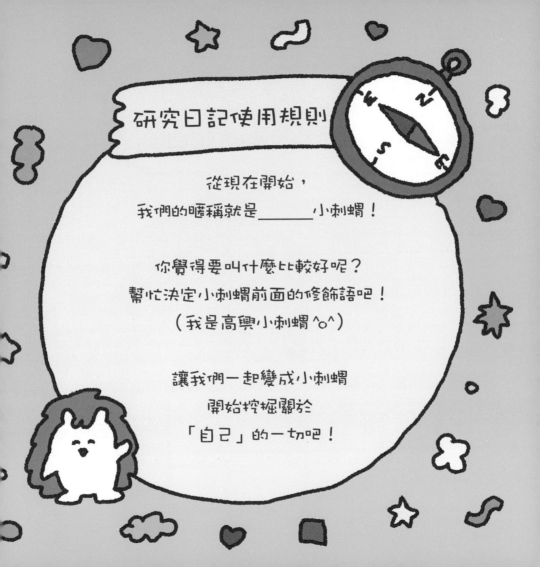

研究日記使用規則

從現在開始，
我們的暱稱就是＿＿＿＿小刺蝟！

你覺得要叫什麼比較好呢？
幫忙決定小刺蝟前面的修飾語吧！
（我是高興小刺蝟 ^o^）

讓我們一起變成小刺蝟
開始挖掘關於
「自己」的一切吧！

小刺蝟

小刺蝟一個人也能做得很棒！
但是只要很多人一起，
就可以做得更好，對吧？

所以我準備了
一些好朋友跟一張地圖
大家就可以一起探險囉！

你的心裡住了四個好朋友，
他們是充滿魅力的米米熊、秀兔、
龜龜、汪汪兒！

我要向小刺蝟介紹的這些朋友
是一群擁有滿滿好奇心的
好奇心大魔王！

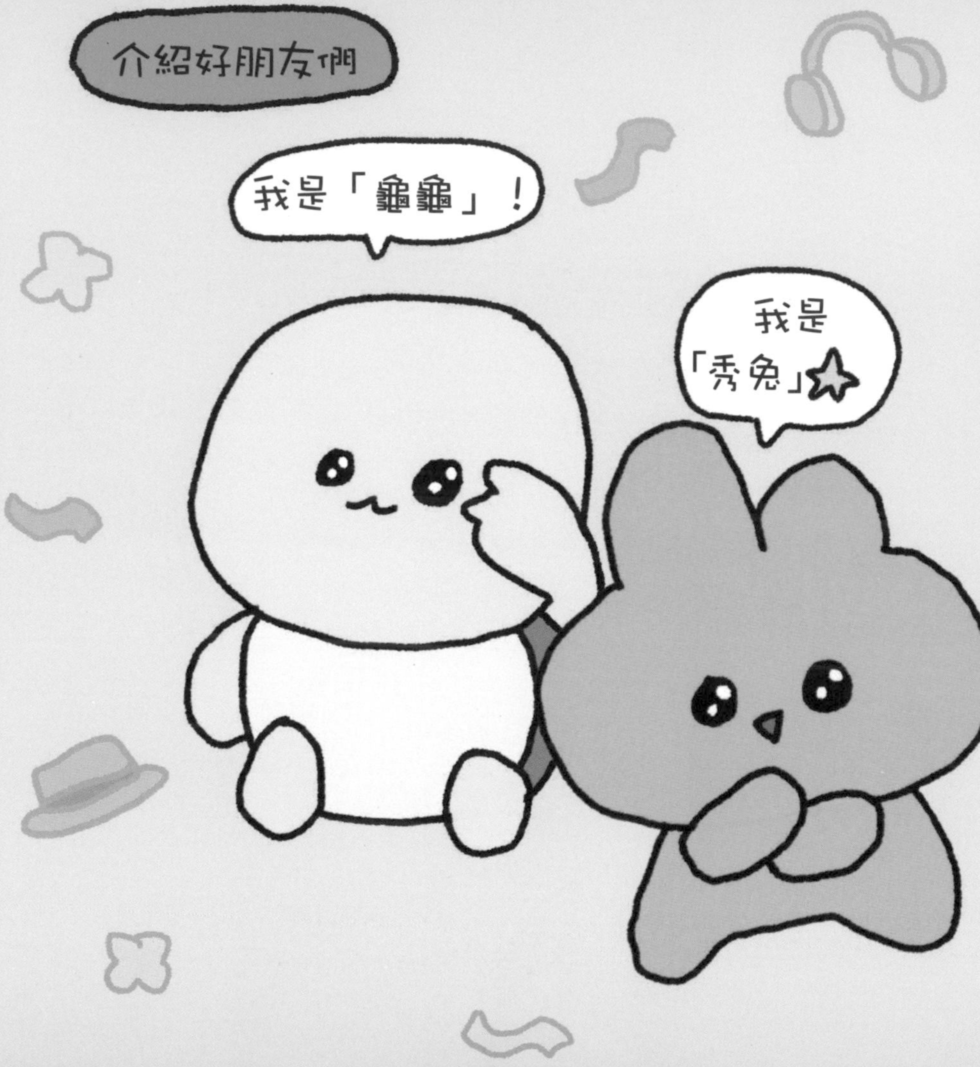
介紹好朋友們
我是「龜龜」！
我是「秀兔」

秀兔的村莊

米米熊

世界上最難自我介紹的熊。
米米熊沒有特別厲害的地方，
也沒有非常差勁的地方。
別人喜歡的東西，米米熊也喜歡，
別人討厭的東西，米米熊也討厭。
米米熊的人生一直都這麼不冷不熱。
這樣的米米熊有可能變熱血嗎？
可是⋯⋯一定要很熱血嗎？

小刺蝟，如果夏天消失的話，
你會怎麼在心裡記得夏天呢？

夏天有五彩繽紛的水果⋯⋯！
還有聽起來清涼愉快的夏季歌曲、
有點潮濕又帶著甜味的夏夜空氣、
草蟲的聲音～還有無憂無慮、
讓人覺得幸福無比的暑假⋯⋯
我會用這些記得夏天！

當時應該好好去做的……
讓你覺得後悔的經驗是什麼？

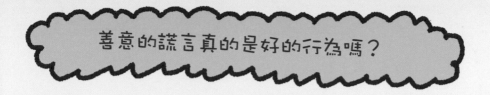

善意的謊言真的是好的行為嗎？

碰

你好棒！

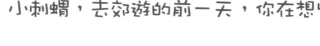

小刺蝟，去郊遊的前一天，你在想些什麼？

屬於我的風格是什麼呢？

一輩子都必須目送某人離開的石頭，
以及一輩子都必須離開某人的風兒，
究竟誰比較孤獨？
如果必須成為其中一種，你想成為誰？

石頭比較寂寞吧？
如果我待在原地
但別人一直離開我的話，
我好像會開始懷疑我有什麼問題
如果最後連我都疏離我自己……
覺得會真的很寂寞……

有什麼事你當時覺得是正確的，現在卻不是如此？

覺得世界上沒有人理解自己
因而感到受傷的瞬間

小刺蝟，跟你最像的動物是什麼？

在眼裡看見愛心的瞬間？

上個星期，我跟秀兔碰面，

秀兔喜歡的⋯⋯是叫「動物男孩」嗎？

我們一起去買了他們的專輯！

看見秀兔拆開專輯的瞬間，

我心想：「啊，這就是愛嗎？」

「喜歡」真的是很大的力量呢！

不想成為這種人

如果遇到必須為他人犧牲生命的情況，你會怎麼做？

小刺蝟，你跟人往來的時候，
怎樣的人讓你覺得有趣，怎麼的人讓你覺得無聊？

看著鏡子！鏡子裡的小刺蝟是什麼樣子？

今天要比往常早一站下車！
你有沒有什麼計畫？想做些什麼事？

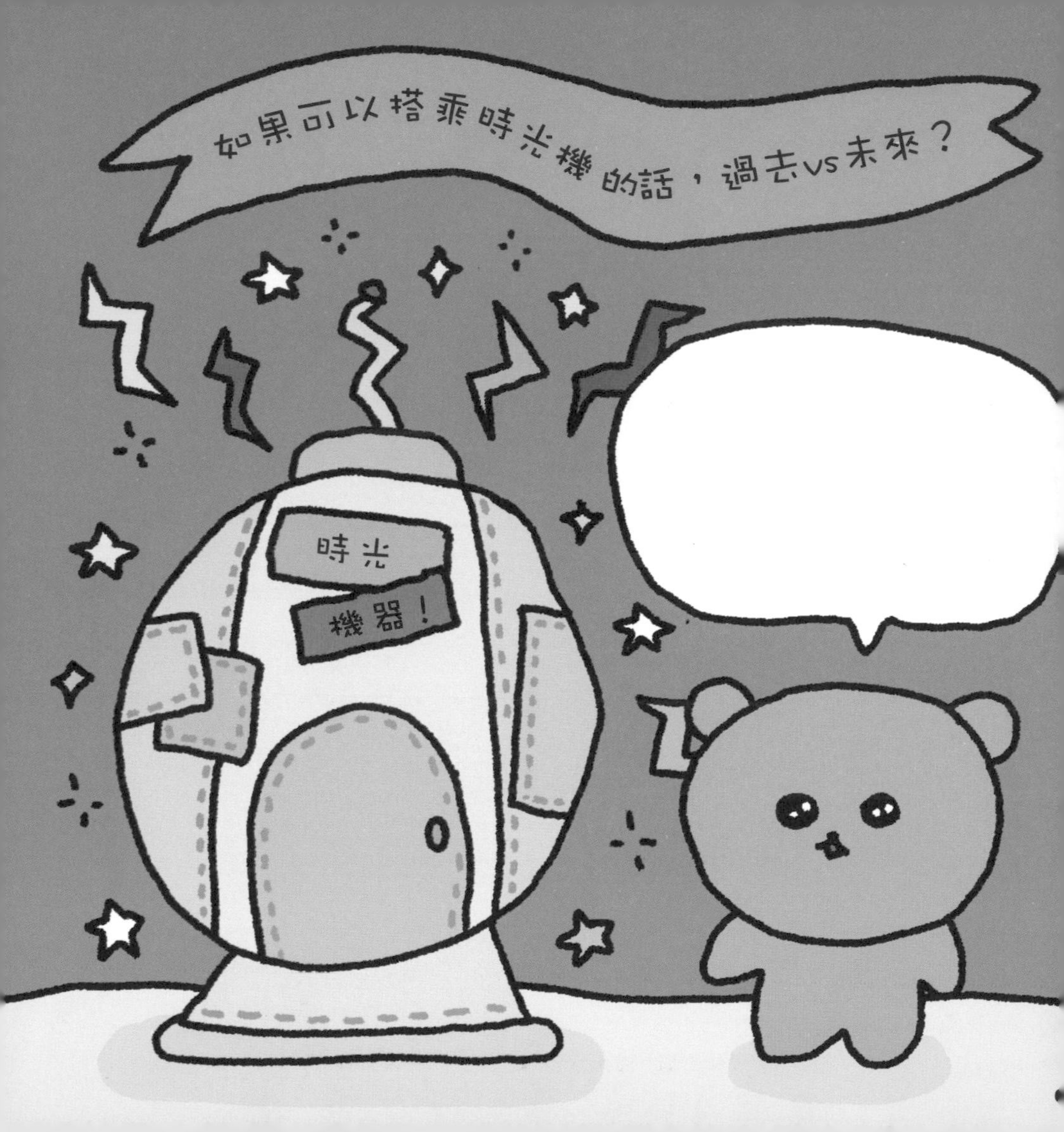
如果可以搭乘時光機的話，過去vs未來？
時光
機器！

小刺蝟，一年當中你最喜歡哪一段時期？

還以為會一直站在你這一邊的人，結果發現不是的瞬間

如果手機會說話，你覺得它會對你說什麼？

1

有沒有在別人身上找不到，只屬於你自己、渺小但獨特的能力？

登　登

秀兔

Music is my life······ ☆
一隻熱愛世上所有音樂的兔子。
偶像團體「動物男孩」的超級大粉絲，
心裡的某個角落仍懷抱著當偶像的夢想。
跟其他兔子比起來，耳朵又小又短，
雖然有時候因此感到受傷，但是秀兔依然
努力豎起耳朵，傾聽朋友們說的話！

小刺蝟，有沒有哪一首歌曲特別適合你，讓你覺得根本是為了你而創作的？

這首歌從歌名就正中紅心！根本是為了我而誕生的。沒有音樂的話，我是活不下去的，音樂就是我的人生～嘿嘿！「動物男孩」超棒！

〈音樂我人生〉
動物男孩（ABZ）

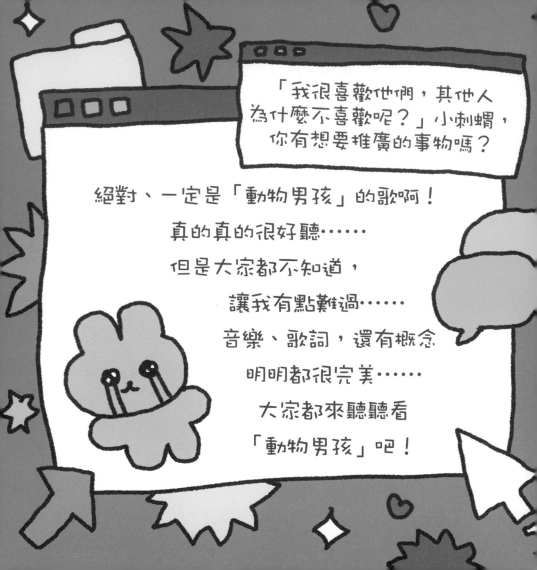

「我很喜歡他們，其他人為什麼不喜歡呢？」小刺蝟，你有想要推廣的事物嗎？

絕對、一定是「動物男孩」的歌啊！

真的真的很好聽⋯⋯

但是大家都不知道，

讓我有點難過⋯⋯

音樂、歌詞，還有概念

明明都很完美⋯⋯

大家都來聽聽看

「動物男孩」吧！

FAVORITE
THINGS

小刺蝟，你也有難以入眠的夜晚嗎？
睡不著的理由又是什麼呢？

如果要用一種水果來形容，別人眼裡的小刺蝟會是什麼水果？

小刺蝟，你在睡覺之前一定要做的事情是什麼？

如果現在遇到初戀情人，你會想說什麼呢？

_____小刺蝟的展示會

小刺蝟，你小時候讀過的童話故事裡
印象最深刻的是哪一個故事？

小刺蝟，當你覺得傷心會是因為什麼？

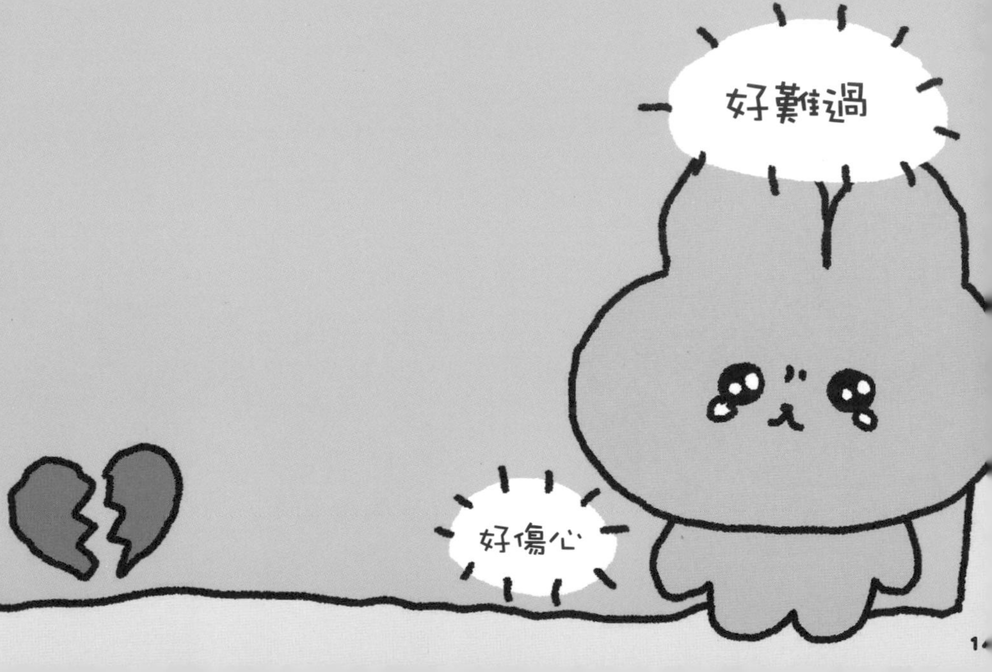

小刺蝟，你手機的相簿裡有多少張照片？
第一張照片是拍什麼呢？

相簿

_____ 張

小刺蝟，有沒有過你覺得自己很可愛的時刻？

成群結隊

3

這裡暫停一下！♥

目前為止回答的問題當中，
有沒有讓你覺得最困難的問題呢？
如果有的話，選一個問題寫下來吧！

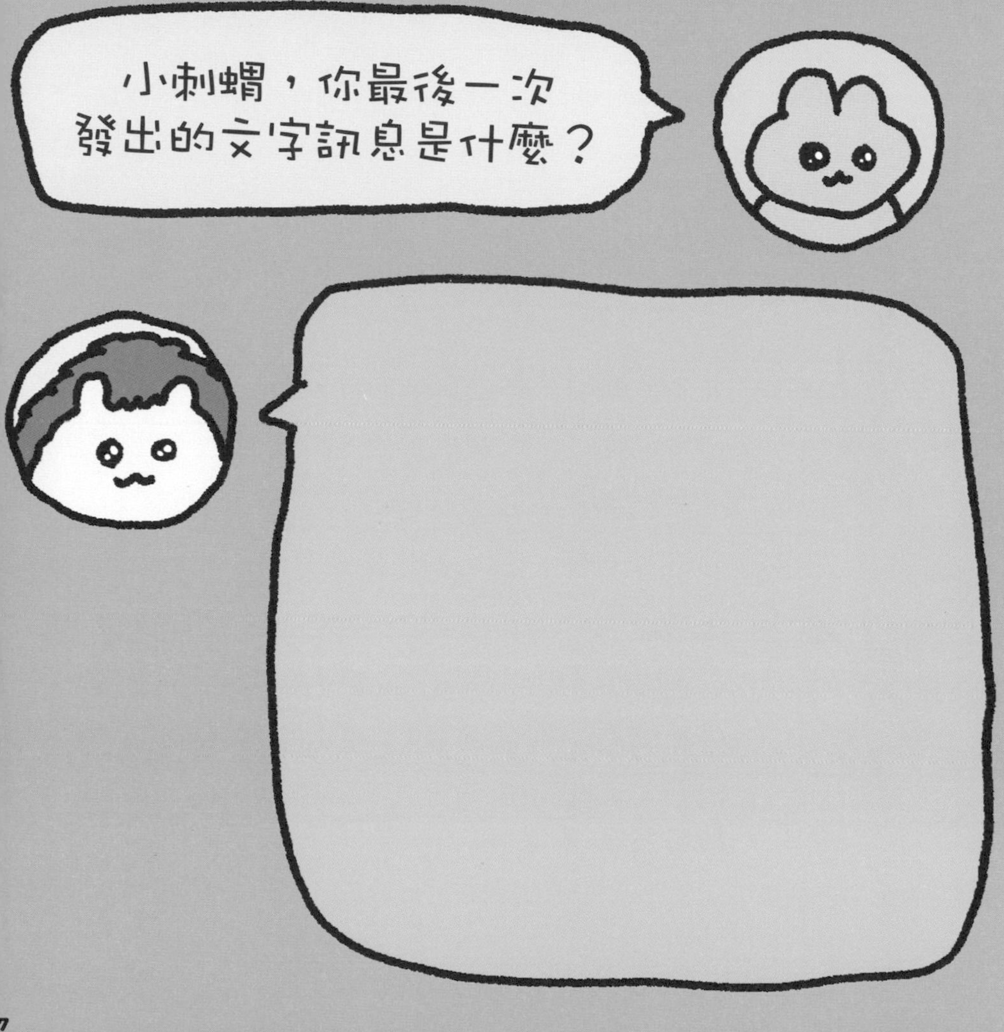
小刺蝟，你最後一次發出的文字訊息是什麼？

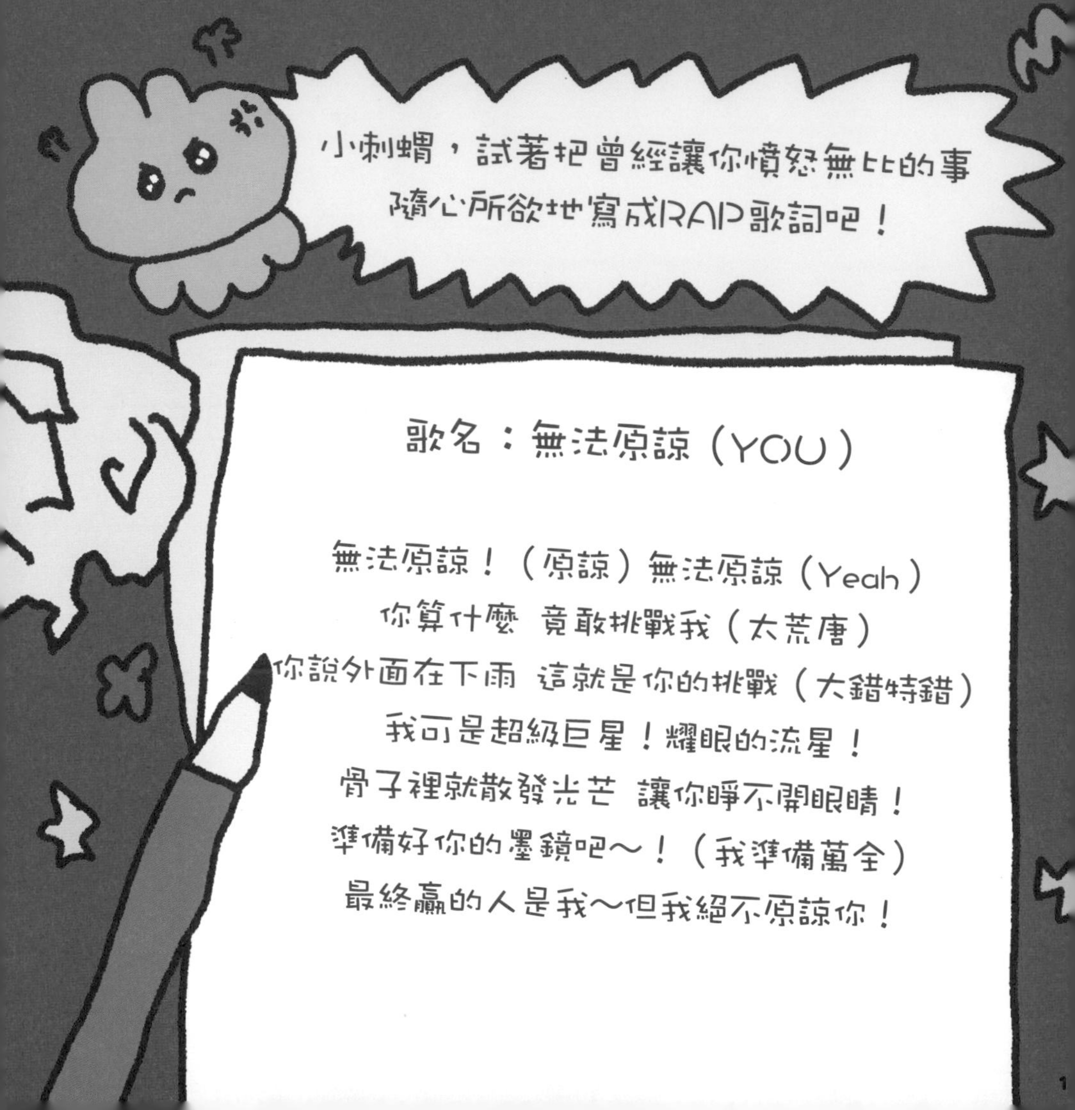
小刺蝟，試著把曾經讓你憤怒無比的事
隨心所欲地寫成RAP歌詞吧！
歌名：無法原諒（YOU）
無法原諒！（原諒）無法原諒（Yeah）
你算什麼 竟敢挑戰我（太荒唐）
你說外面在下雨 這就是你的挑戰（大錯特錯）
我可是超級巨星！耀眼的流星！
骨子裡就散發光芒 讓你睜不開眼睛！
準備好你的墨鏡吧～！（我準備萬全）
最終贏的人是我～但我絕不原諒你！

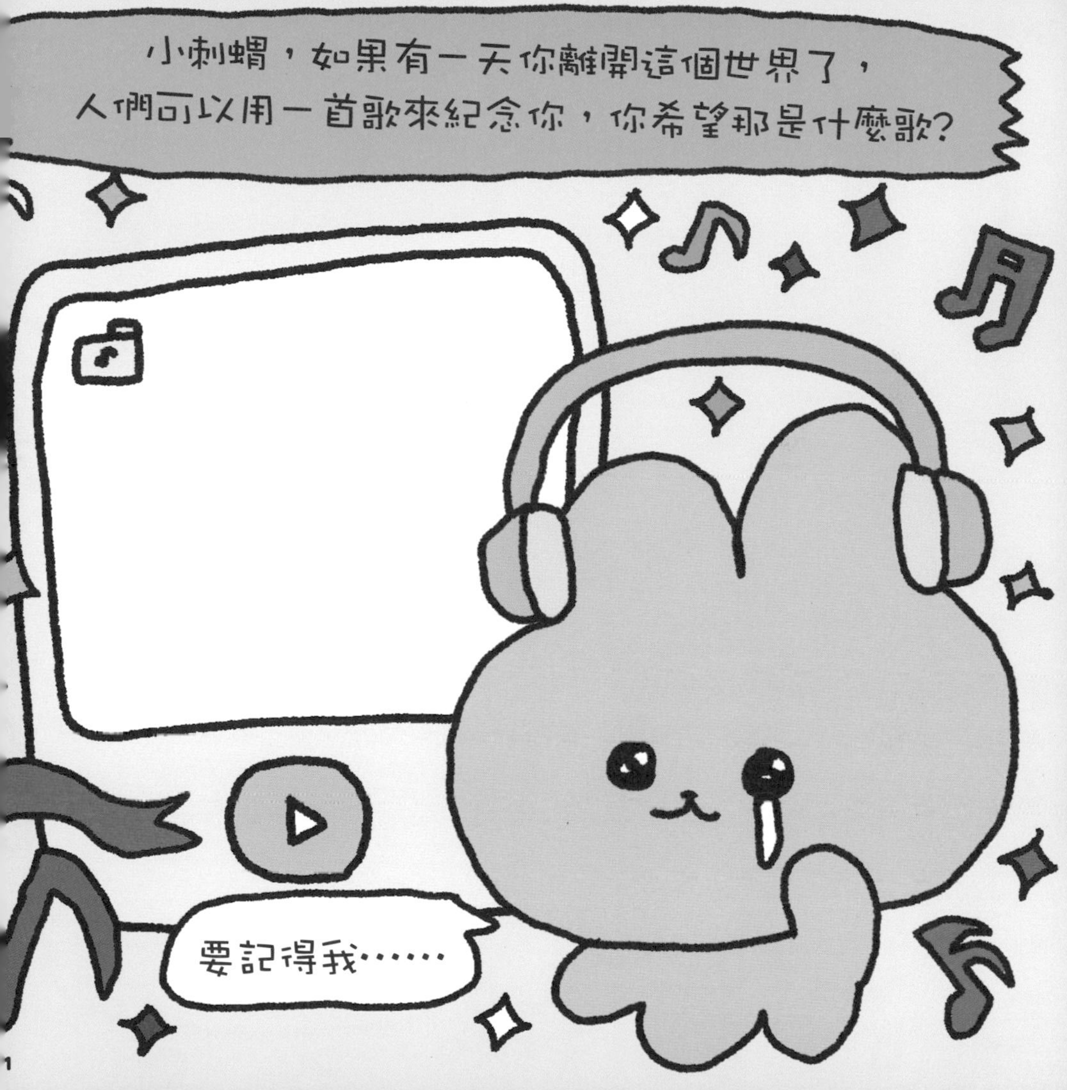
小刺蝟，如果有一天你離開這個世界了，
人們可以用一首歌來紀念你，你希望那是什麼歌？
要記得我……

明年的我

ID _____

小刺蝟，你有在用社群軟體嗎？你的帳號名有什麼含義？如果要取一個帳號名稱，你會怎麼命名？

小刺蝟，今天讓你最感到幸福的事是什麼？

讓今天成為紀念日吧！你會想要紀念什麼？

小刺蝟，如果可以聽見別人的心聲，你想聽見誰的？

龜龜

龜龜總是一副悠閒又從容的樣子。
個性成熟的龜龜一直是朋友羨慕的對象喔。
然而，所有人都不知道，
自己比別人慢，這一點讓龜龜很擔心。
其實他沒有擔心的必要。
雖然龜龜很慢，但他一直走在正確的路上。

煩惱很多的時候，你會為了清空腦袋而做些什麼事？

洗個熱水澡，
然後悠閒地散散步……
直到不再胡思亂想為止～！
身體感到疲倦的時候，
腦袋或許也會因為辛苦自己而感到抱歉。
只要讓身體放鬆，你就會感覺好多了。

小刺蝟，你最喜歡的照片是哪一張？

這張照片是

是不是有時候會想要丟下這一切，逃得遠遠的

小刺蝟，你到幾歲的時候還相信有聖誕老人的存在？

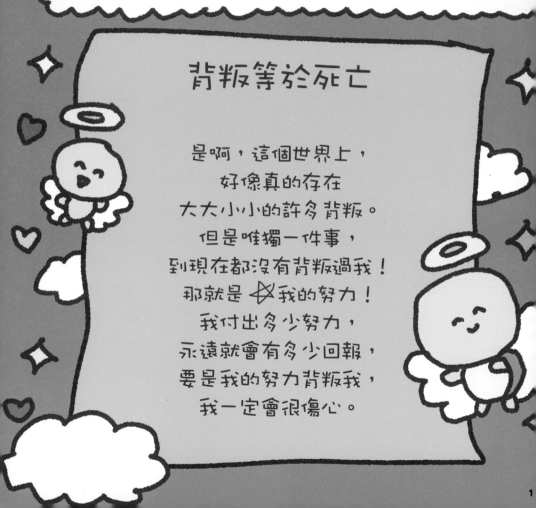

小刺蝟，如果世上有一樣東西永遠不會背叛你，你希望是什麼？

背叛等於死亡

是啊，這個世界上，
好像真的存在
大大小小的許多背叛。
但是唯獨一件事，
到現在都沒有背叛過我！
那就是 ⚔ 我的努力！
我付出多少努力，
永遠就會有多少回報，
要是我的努力背叛我，
我一定會很傷心。

1

小刺蝟，你是在什麼時候感覺到春、夏、秋、冬的季節變化？

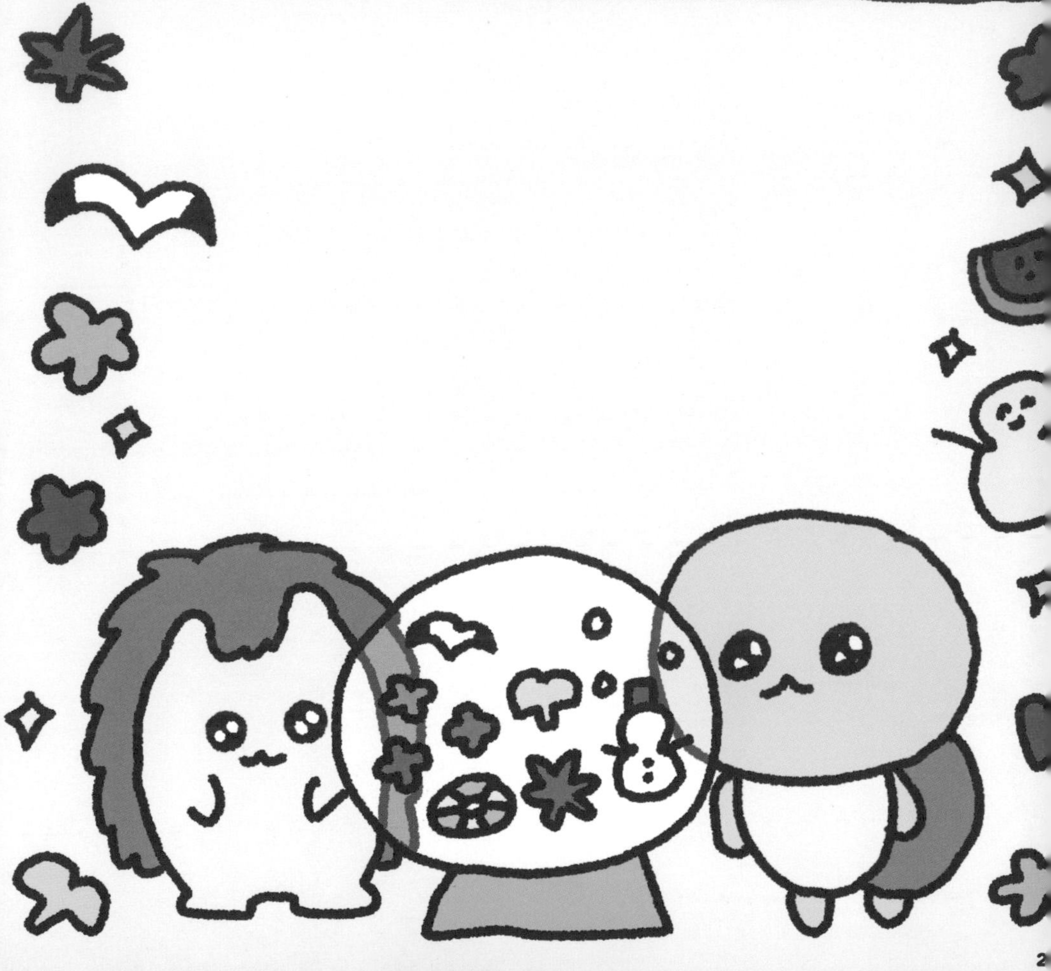

小刺蝟！如果你要當廣告的模特兒，
什麼商品最適合你？

" ＿＿＿＿＿小刺蝟，獲選為＿＿＿＿＿的廣告模特兒 "

躲在棉被裡！你有沒有不能告訴別人的黑歷史？

小學運動會上參加跑步比賽時，
爸爸媽媽都來看我，也有很多旁觀的人，
就這樣拿最後一名實在太丟臉了，
所以故意跌倒了…
製造出因為跌倒才最後一名的樣子……
不過媽媽說我跌得太明顯了。

小刺蝟，你有曾經為了得到某樣東西，
而「我甚至還做了這種事」的經驗嗎？

如果可以跟某個人交換身體，
你會想跟誰交換？

對於那些
欺負我們的人
什麼行動才是對他們
最狠的復仇？

復 仇

最狠的復仇就是
讓對方消失在我的人生中
繼續一步一步
走完屬於我自己的路，
不是嗎？

讓那些欺負過我們的人
留在我們心裡，
對我們的心而言
實在太可惜了！

小刺蝟，你有什麼跟關係尷尬的人變要好的訣竅嗎？

小刺蝟，你有什麼完全改不掉的習慣嗎？

寫下一件今天沒辦法完成、明天一定要做到的事情！

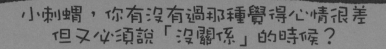

小刺蝟，你有沒有過那種覺得心情很差
但又必須說「沒關係」的時候？

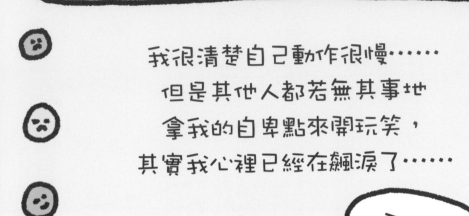

我很清楚自己動作很慢……
但是其他人都若無其事地
拿我的自卑點來開玩笑，
其實我心裡已經在飆淚了……

我沒事……

小刺蝟，你還記得自己小時候
最珍惜的玩偶嗎？

小刺蝟！你最喜歡看的
電視節目是什麼？

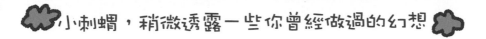

小刺蝟，稍微透露一些你曾經做過的幻想

冥王星突然被逐出太陽系行星之列！
冥王星的心情會怎樣呢？你會對冥王星說什麼？

TO. 冥王星

冥王星！你過得好嗎？
不管是什麼理由，離開原本歸屬的地方
總會讓人覺得有些難過和空虛。
但我希望你不要太傷心！
即使你不再是太陽系行星，冥王星你還是你呀！
不管你屬於哪裡，你的存在本身是有意義的，
明白了嗎～我也會偶爾想想你的！

其實不屬於
任何地方
反而更好！

——給在宇宙某地
帥氣浮游的冥王星

小刺蝟，如果可以重生為迪士尼動畫裡的主角，你想變成誰呢？

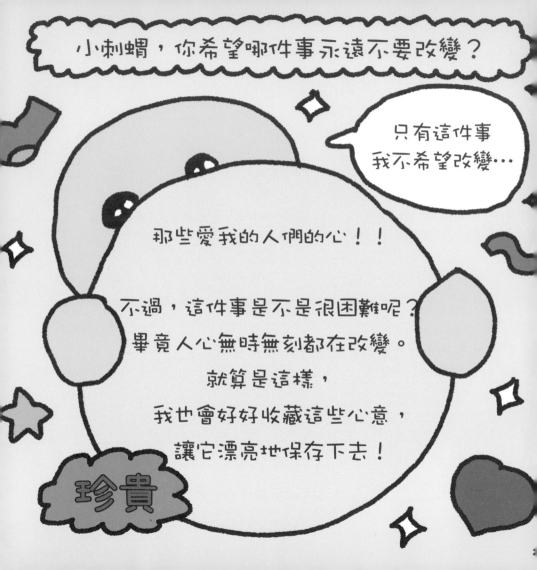

小刺蝟，你還記得第一次
送父母禮物的情形嗎？

小刺蝟，如果某天神明出現在你面前，
而且可以告訴你一個秘密，你會想要問什麼問題？

秘密水晶球

小刺蝟，屬於你自己度過幸福周末的方法是什麼？

小刺蝟，這世界為什麼總是無法讓人隨心所欲呢？

這個世界也有他自己的心吧？
它是不是每天都被成千上萬顆心
要求聆聽自己的心聲？！
這樣的話，現在該輪到我的心意了吧？
倘若我的這份心意也讓世界滿意，
一切是不是就能如我所願呢？
真是的～活著真難啊！！

天啊
怎麼這樣～

2

小刺蝟，有沒有哪一部電視劇讓你看到廢寢忘食？

實在太太太好看了！

請拍到第100季吧！

屬於我們的暗號！小刺蝟，你跟親近的人之間有沒有流行用語？

屬於我們的暗號

超讚！

小刺蝟

小刺蝟，你一個人在家，來偷偷做點什麼秘密的事吧！

刺蝟，為什麼會覺得孤單？你覺得寂寞的時候會怎麼辦？

小刺蝟，你有沒有很想聽到別人對你說的話？

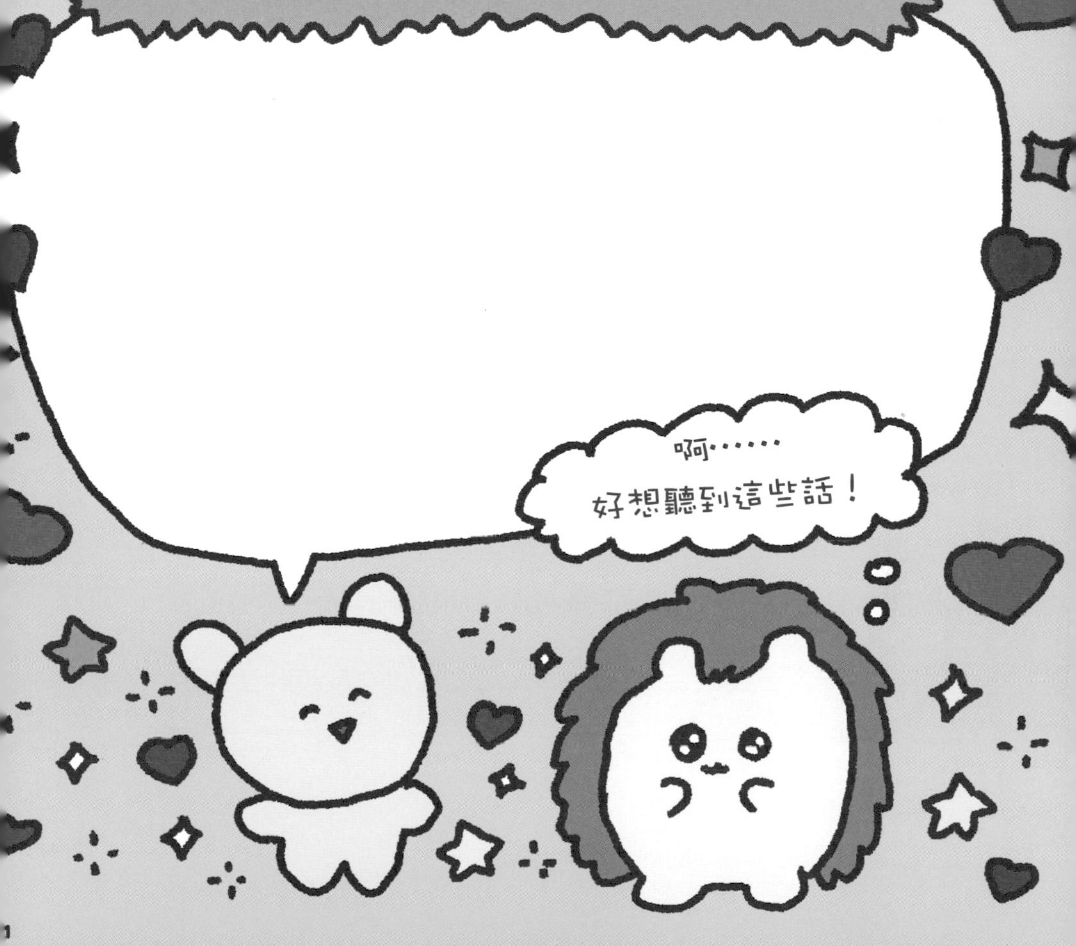

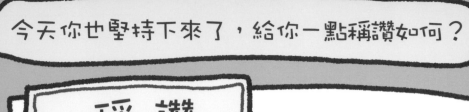

稱 讚

I'm COOL

連討厭的事情也努力完成了。
我一直維持自己一貫的速度，
既沒有超速，也沒有停下腳步，
低調又保持安全地走在路上。
真的做得很棒。
以後也要繼續加油！

稱 讚

我最棒

電池用盡的一天…小刺蝟，讓你放鬆的事物是什麼？

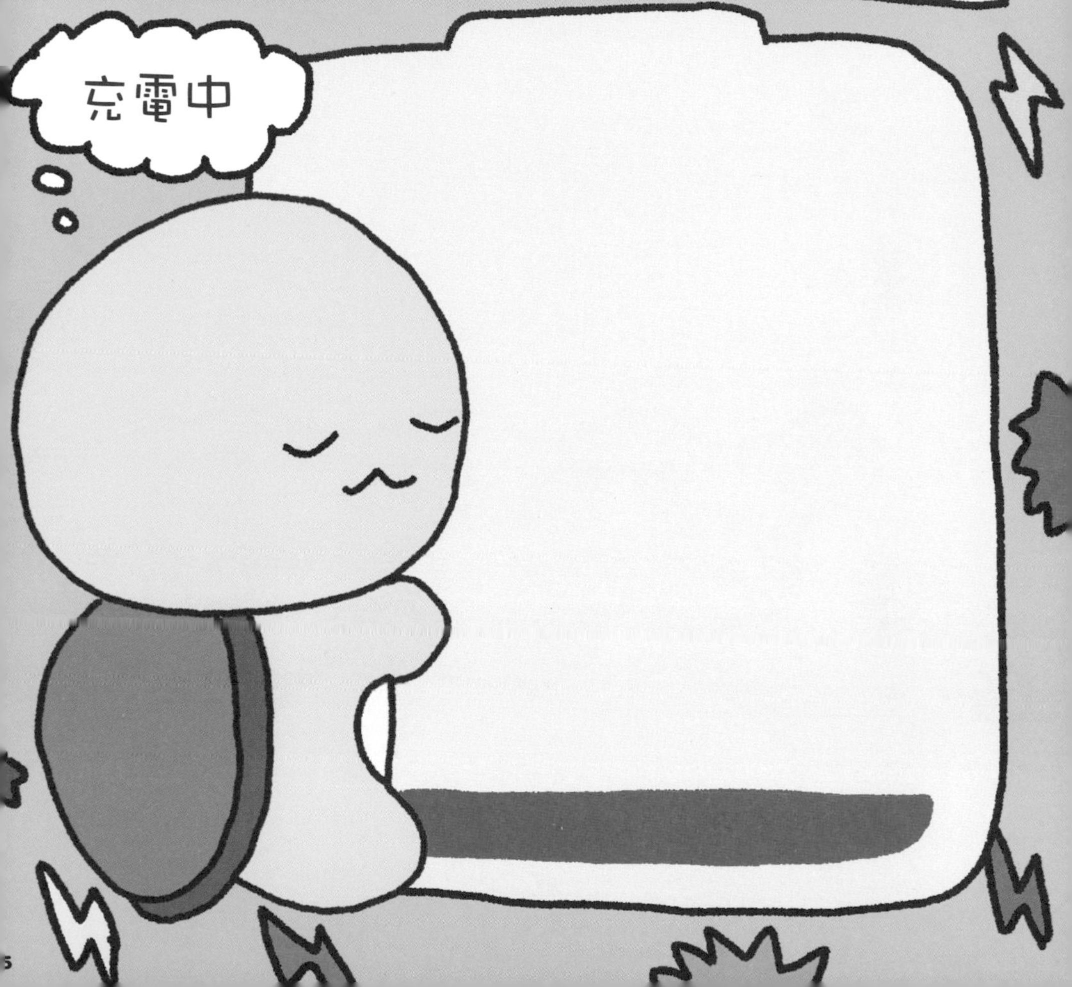

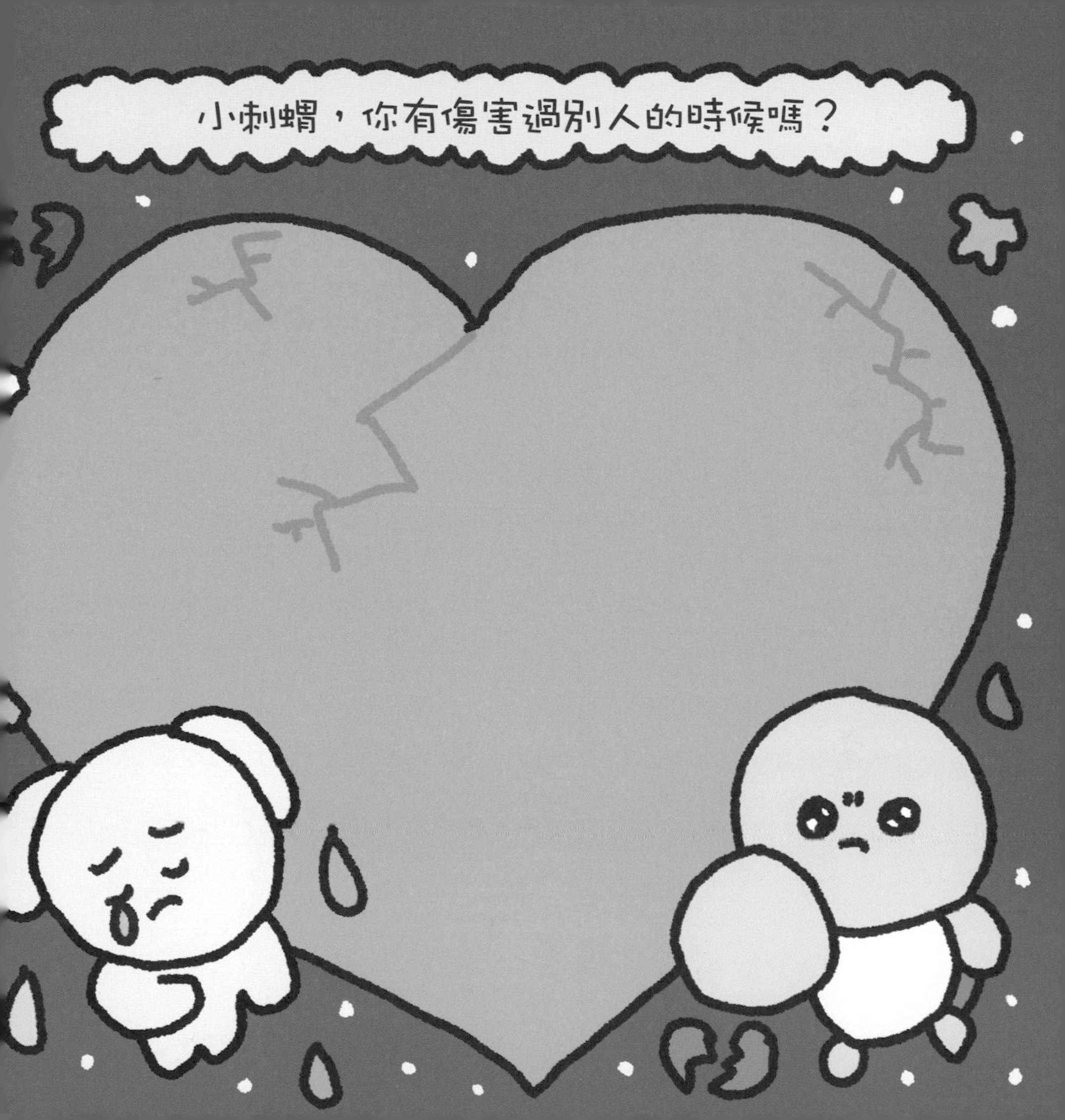
小刺蝟，你有傷害過別人的時候嗎？

汪汪兒

想成為一流廚師的狗狗，
興趣是按照漫畫裡的食譜做菜。
雖然失敗機率是十之八九，但是他不介意。
汪汪兒深信這個世界的主角就是「我」，
所以小小的失敗也不成問題。
畢竟，俗話說「失敗是成功之母」嘛！

小刺蝟，可以談談你的
「未來志願」變遷史嗎？

我的夢想一直都是成為廚師，

只不過一開始是韓式料理廚師，

後來變成中式料理……日式料理……

西式料理……甜點師……

一路這樣變化過來！

你問我現在的夢想是什麼？

當然是所有料理都會做、

宇宙第一超級大廚師啦！

小刺蝟，你有沒有遇過
結果跟自己的預想背道而馳的事？

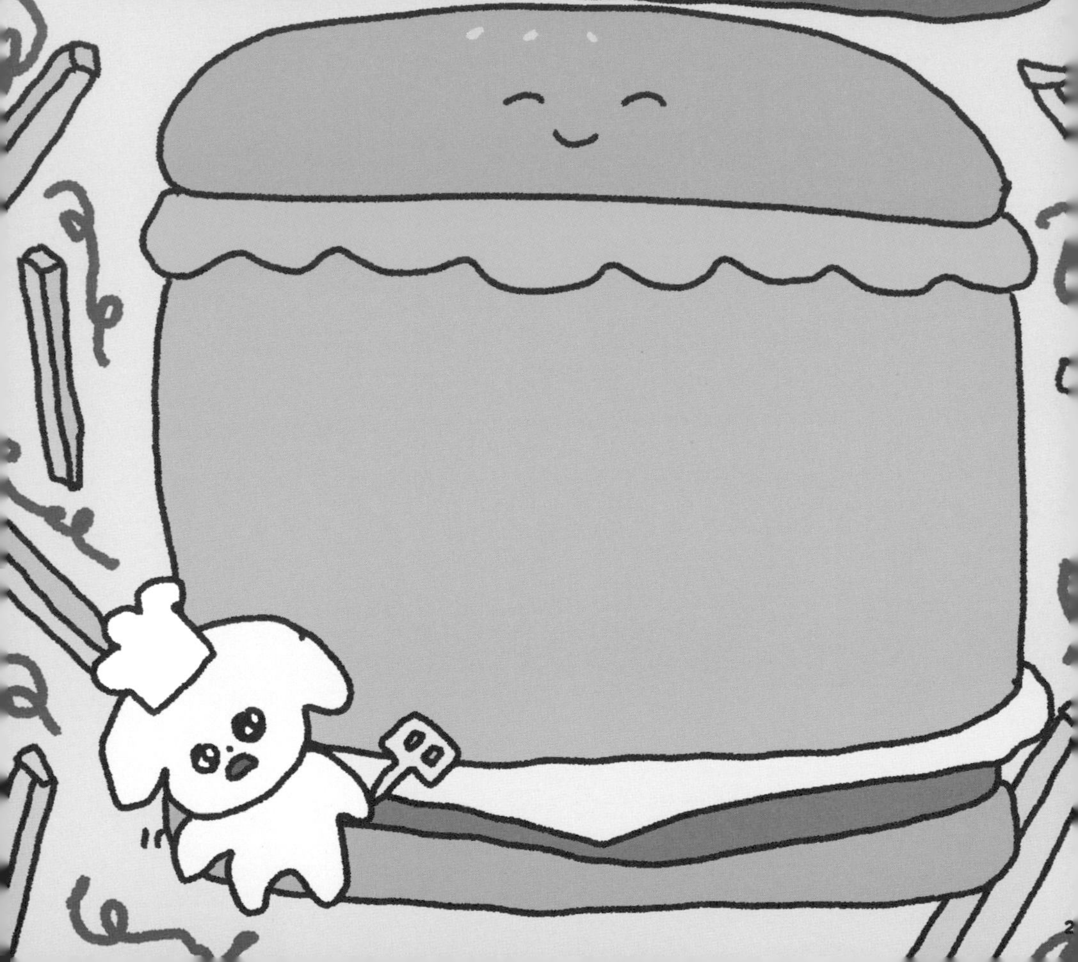

小刺蝟，如果你的人生是一部小說，
最後一行可能會怎麼寫？

我……直到最後一刻
都跟我親愛的朋友、
家人們在一起！！
我想要分享我的一切！
此外，我的人生中不能沒有料理，
所以我想要寫下這段話！！

最後，我跟大家一起享用了美味的料理。

一完一

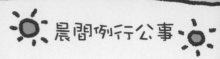

晨間例行公事

我很好奇你的
晨間例行公事！

小刺蝟！我想變成有超能力的透明人！
這樣一來，不管我犯了什麼錯誤，
大家都不會發現是我啦？！嘿嘿！
我想要在大家面前
當一個完美的人～～！
小刺蝟，
如果你只能擁有
一項超能力，
你想要什麼樣的
能力？

如果人有前世，你覺得自己會是什麼樣子？

小刺蝟，你覺得自己最近
做出的最好選擇是什麼？

最棒的
選擇

超讚

鬼、蟲子、高的地方等等，
小刺蝟，你最害怕的東西是什麼？

你有過每一秒都要看一次時鐘、渴望時間趕快過去的經驗嗎？

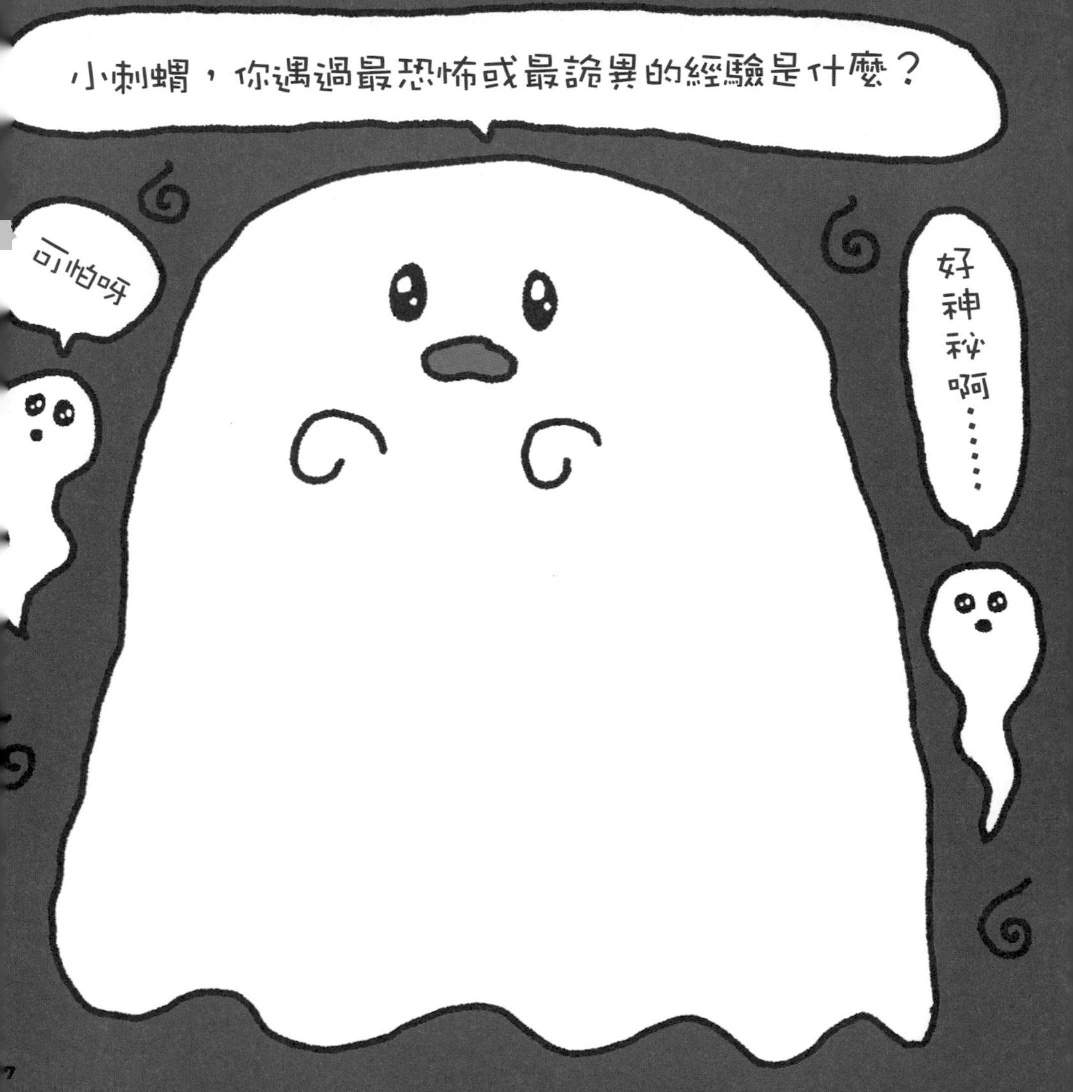
小刺蝟，你遇過最恐怖或最詭異的經驗是什麼？
可怕呀
好神秘啊……

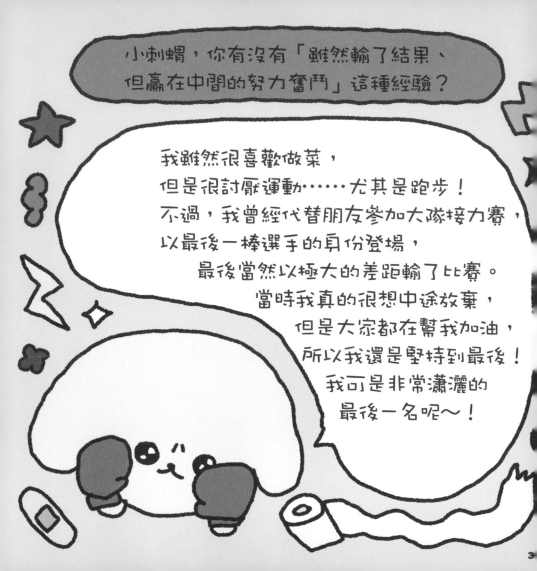

小刺蝟，你有沒有「雖然輸了結果、但贏在中間的努力奮鬥」這種經驗？

我雖然很喜歡做菜，
但是很討厭運動……尤其是跑步！
不過，我曾經代替朋友參加大隊接力賽，
以最後一棒選手的身份登場，
最後當然以極大的差距輸了比賽。
當時我真的很想中途放棄，
但是大家都在幫我加油，
所以我還是堅持到最後！
我可是非常瀟灑的
最後一名呢～！

3

小刺蝟，你覺得完美的一天是什麼樣子？

＿月＿日 天氣＿

PERFECT

小刺蝟，看見櫻花盛開會讓你想起什麼回憶？

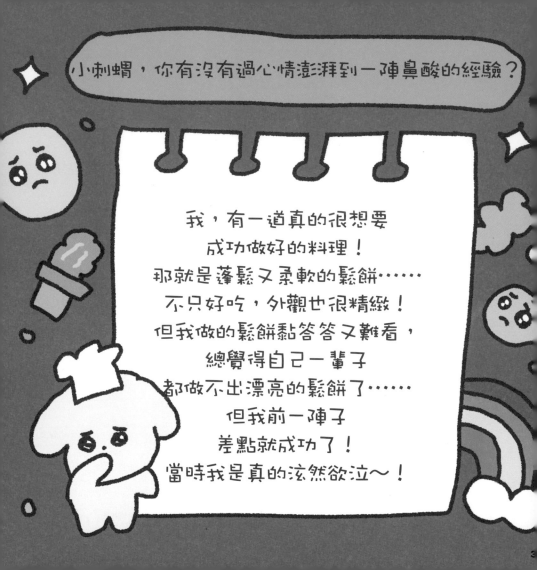

小刺蝟，你打工過嗎？最糟的打工經驗是什麼？

3

小刺蝟，如果你跟朋友喜歡上同一個人，你會怎麼做呢？

朋友

小刺蝟

小刺蝟日報

「一點都不簡單，但我還是做到了。」

_____小刺蝟，

因為_____而大獲成功！

小刺蝟，你曾經在什麼時候付出全力和真心？

我對所有事情都充滿真心啊！
但近來我特別努力的事情果然還是……
成功完成一道料理，
然後擺盤的時候吧？
不論任何事情，
收尾都是最重要的！

如果可以在某個領域成為點石成金的「金手」，
小刺蝟，你最想獲得什麼技能？

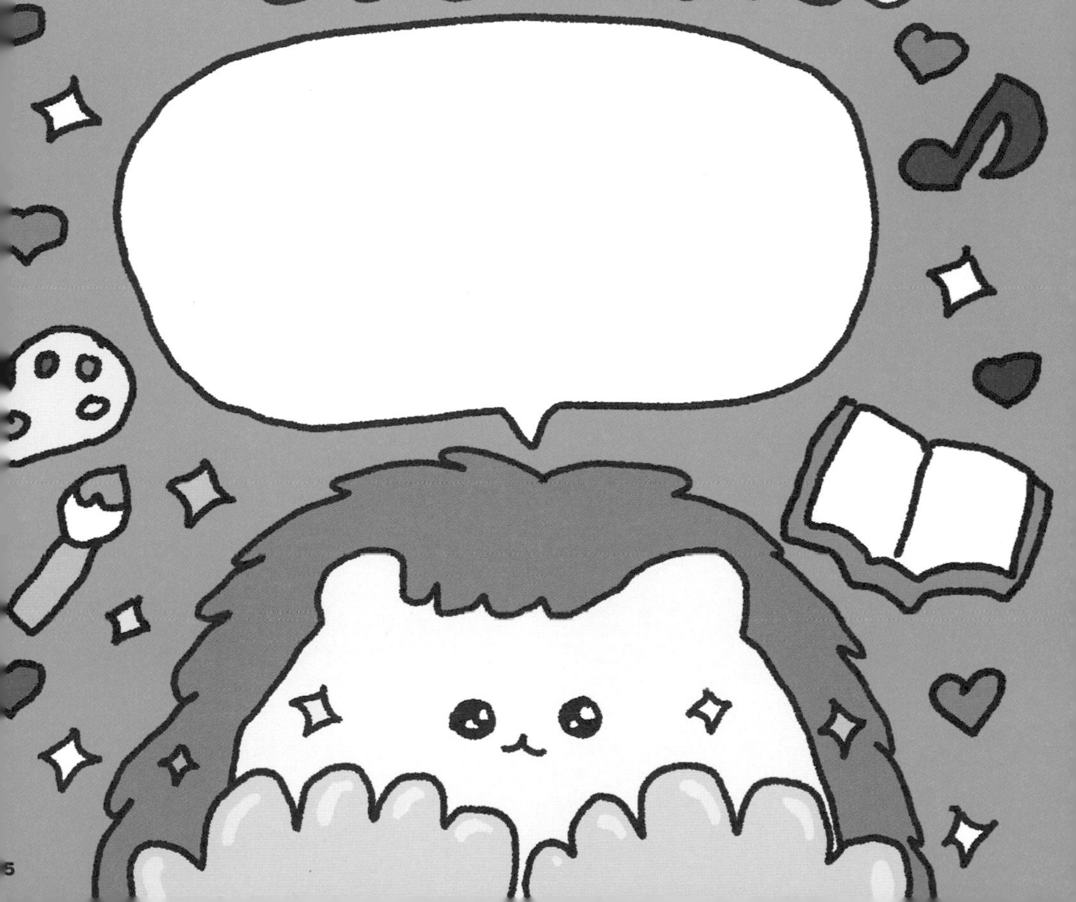

小刺蝟，你眼中最帥氣的人是什麼模樣？

真的好帥……

小刺蝟，你們朋友之間最近流行的東西是什麼？

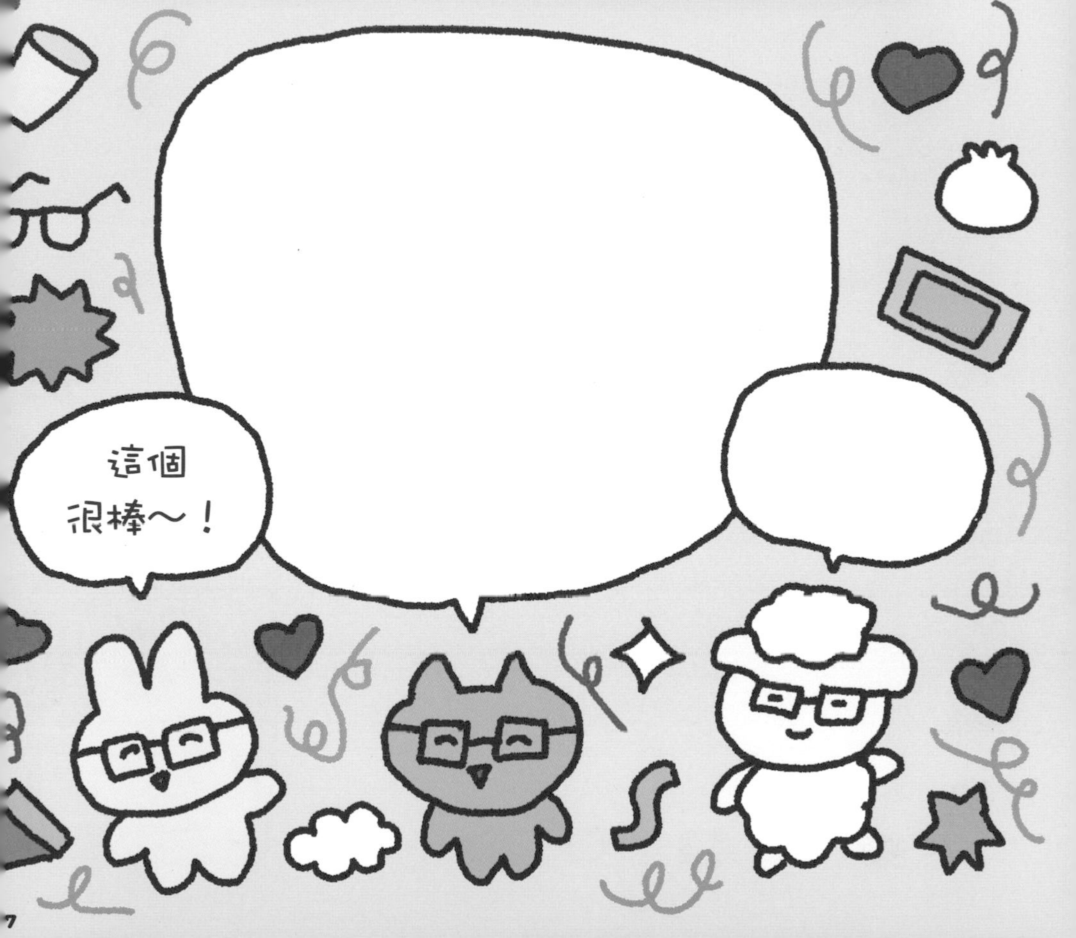

小刺蝟，有沒有人曾經為了配合你而努力過？

3

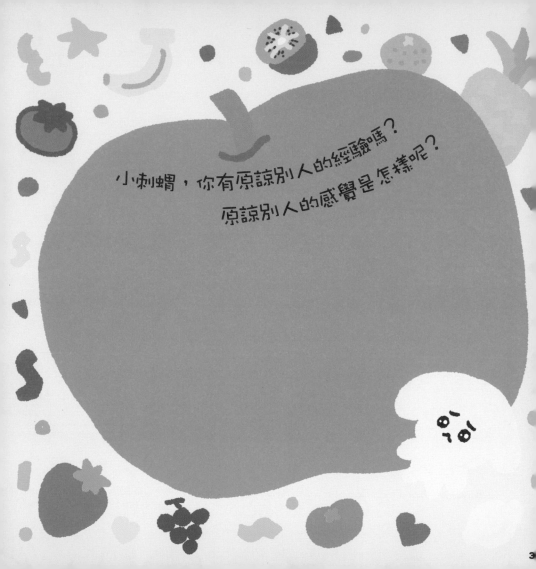

小刺蝟，你有原諒別人的經驗嗎？

原諒別人的感覺是怎樣呢？

怪胎中的怪胎！

小刺蝟，你認識的人中，最特別的人是誰？

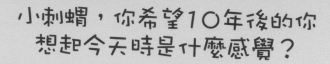

小刺蝟，你希望10年後的你
想起今天時是什麼感覺？

10年後

喔那個時候啊～
那時我只是個
整天犯錯的小狗狗，
所以每天都很傷心……
但是也多虧於此，
這10年來都沒有再犯
同樣的錯誤～
我真是的，以前都為了些
小事而難過煩惱！

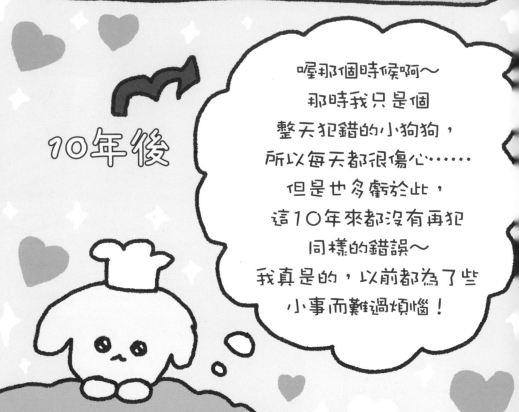

3

小刺蝟，你有對自己很滿意、自豪的經驗嗎？

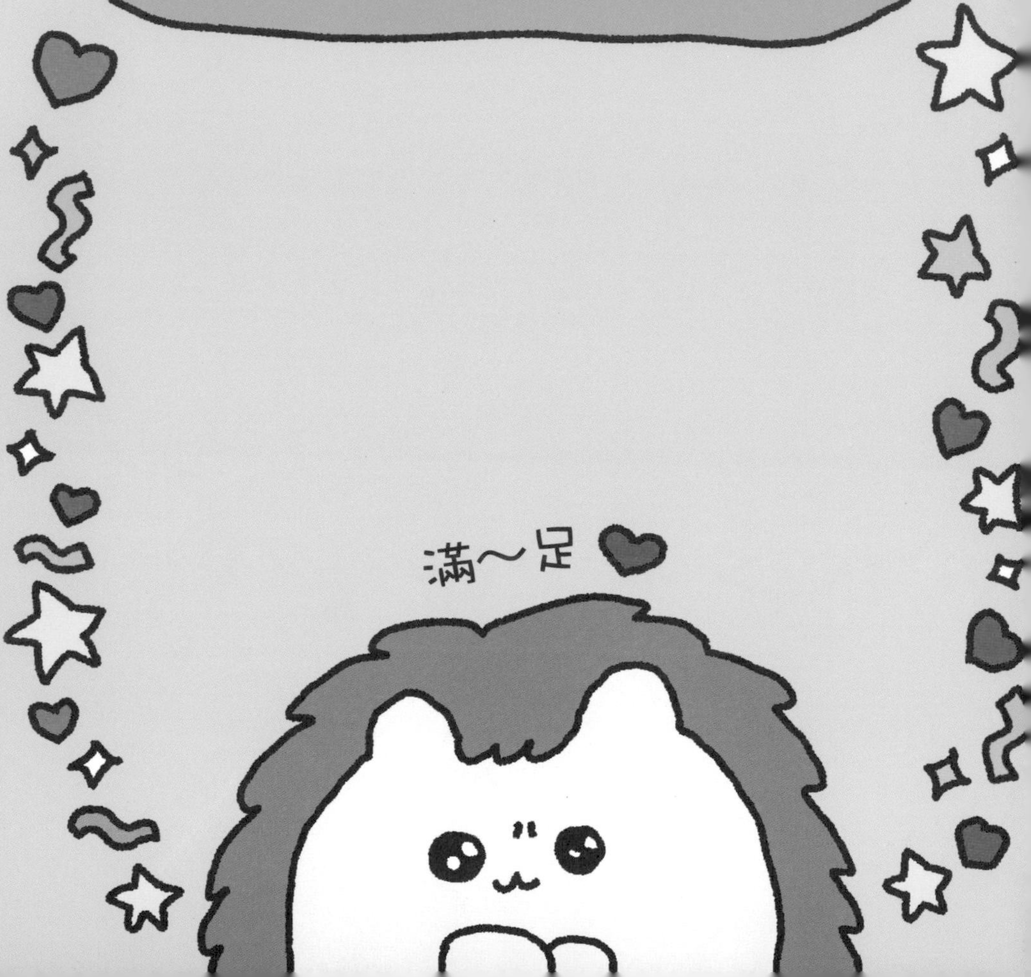

小刺蝟，如果你穿越回到古代，你覺得你會遇到什麼事？

誰啊…？

吵吵鬧鬧

議論紛紛

什麼呀…？

隨著時間流逝，真的會忘記所有事情嗎？
小刺蝟，你對於「被遺忘」這件事有什麼想法？

不要忘了我…

小刺蝟，你內在的女孩／男孩靈魂
是什麼時候覺醒的？

叮～鐘聲
響起……

小刺蝟，如果你可以開發出前所未有的藥，你想做出什麼藥？

這個藥是

小刺蝟的心情研究日記 認識真正的自己，走我可愛又堅定的花路
도치의 요모조모 내 맘 탐구일지

作　　　　者	崔高興（최고심）	
譯　　　　者	郭宸瑋	
封 面 設 計	萬勝安	
內 頁 排 版	高巧怡	
行 銷 企 劃	蕭浩仰、江紫涓	
行 銷 統 籌	駱漢琦	
業 務 發 行	邱紹溢	
營 運 顧 間	郭其彬	
責 任 編 輯	林淑雅	
總　編　輯	李亞南	
出　　　　版	漫遊者文化事業股份有限公司	
地　　　　址	台北市松山區復興北路331號4樓	
電　　　　話	(02) 2715-2022	
傳　　　　真	(02) 2715-2021	
服 務 信 箱	service@azothbooks.com	
網 路 書 店	www.azothbooks.com	
臉　　　　書	www.facebook.com/azothbooks.read	
營 運 統 籌	大雁文化事業股份有限公司	
地　　　　址	台北市松山區復興北路333號11樓之4	
劃 撥 帳 號	50022001	
戶　　　　名	漫遊者文化事業股份有限公司	
初 版 一 刷	2023年8月	
定　　　　價	台幣600元	

ISBN　978-986-489-837-4

國家圖書館出版品預行編目 (CIP) 資料

小刺蝟的心情研究日記：認識真正的自己，走我可愛
又堅定的花路/ 崔高興文. 圖；郭宸瑋譯. -- 初版. -- 臺
北市：漫遊者文化事業股份有限公司出版：大雁文化
事業股份有限公司發行, 2023.08
368 面；15x15 公分
譯自：도치의 요모조모 내 맘 탐구일지
ISBN 978-986-489-837-4(精裝)

862.6　　　　　　　　　　　　　　　　112011434

漫遊，一種新的路上觀察學
www.azothbooks.com

漫遊者文化

大人的素養課，通往自由學習之路
www.ontheroad.today

遍路文化 on the road

遍路文化・線上課程